장난천재 쾌걸 조로리

㉗ 위험천만

하라 유타카 글·그림

우아, 버섯이다, 버섯이야.

가을은 역시 좋은 계절이야. 이렇게 맛있는 걸 공짜로 먹을 수 있으니까.

조로리 사부님, 잔뜩 땄어유.

특별부록, 두 번째 조로리 색칠놀이

☆ 마음에 드는 색으로 즐겁게 색칠해 보세요.

색칠 하는 걸 깜빡한 게 아니라고요!

가을이다, 가을이야! 버섯을 따자♬
송이버섯, 능이버섯, 팽이버섯,
맛있는 버섯이 사방에 가득가득!
자연이 베풀어 준 버섯을 배불리 먹고
찾을 거야, 나의 신부를!
세상에서 가장 멋진 나만의 공주님을!

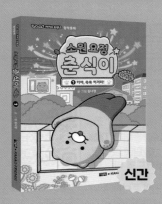

조로리 일행이
산에서 따 온
버섯을 막 먹으려던
참이었습니다.

살려
주세요!

낙엽 더미 밑에서
갸날픈 여자
목소리가
들렸습니다.

낙엽을 걷어 내니
땅에 커다란
구덩이가 나 있었습니다.
목소리는 그 구덩이에서
들려왔습니다.
"기다려요.
지금 구해 줄게요!"
조로리는 서둘러
쾌걸 조로리로
변신을 하고는

바로 앞에 있는 나무에서
굵은 덩굴을 하나 떼어 내
구덩이 안으로 내려보냈습니다.
"자, 이걸 꽉 잡아요!"
조로리와 이시시, 노시시는 힘을 합쳐
덩굴을 끌어올렸습니다.
그러자 구덩이 안에서……

낯선 여자가 버섯이 가득 담긴
바구니를 안고 올라왔습니다.
"고마워요. 저는 이 근처에 사는
스노라고 합니다. 버섯을 따러 나왔다가,
낙엽에 가려진 이 구덩이를 보지 못해
그만 구덩이 안으로 떨어졌어요.

지나가는 사람이 없으면 어쩌나 하고
마음 졸였는데 정말 다행이에요.
당신들은 제 생명의 은인입니다.
답례라고 하기에는 좀 그렇지만
이제 곧 점심시간이니 제가 맛있는
버섯 요리를 만들어 드릴게요."

스노는
조로리
일행을
집으로
데리고
갔습니다.

"오늘은 날씨도 좋으니

정원에서 점심을 먹지요."

스노는 정원에 앉을 자리를 마련해 주고는

곧바로 버섯 요리를 시작했습니다.

"정말 친절한 사람이다……."

아무래도 조로리는 사랑에 빠진 모양입니다.

그때 이시시와 노시시가 갑자기 일어나

코를 벌름거리더니 숲 쪽으로 달려갔습니다.

"배고프신데 오래 기다리셨죠?"

잠시 뒤에 스노가

음식을 나르는 커다란 손수레에

맛있어 보이는 버섯 요리를 가득 싣고 왔습니다.

조로리가 행복한 표정으로 입맛을 다시는데

양손이 진흙투성이가 된 이시시와 노시시가

돌아왔습니다.

버섯 스테이크

버섯샐러드

버섯 그라탱

버섯 수프

송이버섯 구이

버섯 스파게티

송이버섯 장국

버섯
오븐 구이

버섯 볶음

"밥 먹어야 되는데 꼴이 그게 뭐냐?
얼른 가서 손 씻고 와!"
조로리가 화를 내자 이시시는
진흙투성이의 손을 내밀어
안에 든 것을 보여 주었습니다.

이시시의 손 안에는 모양이 이상한

검은색 덩어리가 있었습니다.

"냄새가 진짜 좋아서 캐 봤는디유.

조로리 사부님, 이게 뭘까유?"

노시시가 물어보았습니다.

"크으, 뭐지? 이 슈퍼 코딱지 같은 건?

더러우니까 빨리 버리고 와!”

조로리가 어이없다는 표정을 지었습니다.

그런데 스노가 그 검은색 덩어리를

한참 바라보더니

“잠깐만 기다려 봐요.” 라고 말하고는

서둘러 집 안으로 들어갔습니다.

잠시 뒤
스노는
버섯 사전을
가지고 돌아와
말했습니다.
"그거, 이 버섯
아닌가요?"

트뤼프

땅속에서
자라는 버섯.
크기는 탁구공에
서 어른 주먹 정도
이며, 검고 울퉁불
퉁하다.

트뤼프

트뤼프는 캐비아, 푸아그라와 함께 세계
3대 진미로 꼽히며, 다이아몬드 요리라
고 불릴 만큼 값도 비싸다.

프랑스에서 트뤼프 찾는 방법

트뤼프는 땅속에서 자라서
좀처럼 찾기가 힘들다. 프랑
스에서는 옛날에 트뤼프에
서 나는 독특한 냄새를 맡는
돼지를 이용해 찾아냈다.

킁킁

맞아요.
분명히 트뤼프예요.
너무 비싸서 쉽게
못 먹는 버섯이지요.
우리 집 근처에서
트뤼프를 찾았다니
놀라워요.
정말 대단해요!

아하,
프랑스에서는
돼지가 트뤼프를
찾아냈구나.
너희도 역시
돼지라서
트뤼프 냄새를
알아차렸나 봐.

스노가
기뻐하는
모습에
조로리도
덩달아
기분이
좋아졌
습니다.

15

스노는 재빨리 버섯 스테이크 위에
트뤼프를 얇게 저며 뿌렸습니다.
"이걸 보세요. 고급 레스토랑에서는
이렇게 해서 먹는답니다."
스테이크는 입에서 살살 녹을 만큼
정말 맛있어서 둘이 먹다 하나가 죽어도
모를 정도였습니다.
물론 스테이크만이 아니었습니다.
수프도 스파게티도 샐러드도
스노가 만든 버섯 요리는 모두 최고였습니다.

넷은 순식간에 몽땅 먹어 치웠습니다.

"우아, 진짜 잘 먹었다!"

스노와 조로리 일행은 식사를 마치고

커피를 마시며 여유롭게 쉬고 있었습니다.

그런데 버섯 사전을 보던

노시시의 얼굴이 갑자기 새파래지더니

고래고래 소리를 질렀습니다.

"크, 큰일 났어유. 모두 이, 이걸 봐유!!"

맹독 트뤼프

트뤼프와 똑같이 생긴 맹독 트뤼프를 조심합시다!

이게 바로 맹독 트뤼프!

사진을 잘 봅시다. 얼핏 보면 트뤼프와 똑같이 생긴 것 같지만, 아래쪽이 부은 것처럼 한층 더 튀어나와 있습니다. 이런 모습을 한 것이 바로 맹독 트뤼프입니다. 이걸 먹으면 여덟 시간 이내에 독이 온몸에 퍼져 목숨을 잃게 됩니다.

모양이 트뤼프와 비슷해서 보자마자, 앞뒤 안 따지고 먹는 사람들이 있습니다만, 먹기 전에 반드시 자세히 살펴보고 조심하기 바랍니다.

여기서 잠깐! 맹독 트뤼프는 이 책에만 나오는 거니까 여러분은 걱정하지 마세요. 후훗!

맹독 트뤼프를 먹었을 때
목숨을 구하는 단 한 가지 방법

언더코리야
맹독 트뤼프의 독을 해독한다

여덟 시간 안에 왼쪽에 보이는
언더코리야라는 꽃을 한 사람이
한 송이씩, 통째로 먹어야 합니다.
이 꽃을 먹으면 맹독 트뤼프의
독이 소변이 되어 나옵니다.
이 꽃은 절벽 위에서 자라기 때문에
발견하기가 쉽지 않지만,
만일 맹독 트뤼프를 먹었다면
빨리 이 꽃을 찾아 한 송이를
통째로 먹어야 합니다.
단, 반드시 여덟 시간 안에 먹어야
합니다. 여덟 시간 안에 먹지
않으면 안타깝게도 그대로
세상을 등지게 됩니다!

무엇보다도 맹독
트뤼프를 먹는
바보 같은 행동은
제발 하지 마시길!

아, 이 일을
어쩌나요.
제가 잘
살펴보지도
않고
트뤼프인 줄
알고 요리해서
드렸네요.

스노가
서글프게
울었습니다.
조로리는
스노의
손을 잡고는
자신 있게
말했습니다.

포기하지 마세요!
여덟 시간 안에
언더코리야라는
꽃을 한 송이씩
먹으면 되는
거잖아요.
이 몸이 꽃을
찾아올 테니
걱정 마세요!

"무척이나 듬직한 분이시군요."

스노는 눈물을 닦고 조로리를 쳐다봤습니다.

"이시시, 노시시! 시간은 멈추지 않는다.

빨리 찾으러 가자."

조로리는 망토를 펼치고

힘차게 정원을 뛰쳐나갔습니다.

이해골 타이머가
가리키는 밤 8시가
되기 전에 언더코리야를
먹지 못하면
조로리 일행은
끝장입니다.

하라 유타카

☆이 페이지부터 해독 가능 시간이
얼마나 남았는지 알 수 있게
타이머를 설치해 두었습니다.

12시		1시		2시		3시		4시		5시		6시		7시		8시
	30		30		30		30		30		30		30		30	

조로리 일행은
해독에
필요한 꽃,
언더코리야를
찾기 위해
산속으로
들어갔습니다.

"저렇게 친절한 사람을 이대로 죽게
내버려 둘 수는 없다."

"그런데 저런 숲속에서
왜 혼자 살까유?"

"무슨 이유가 있겠지. 실은 어떤
나라의 공주인데 나쁜 사람을 피해
몰래 숨어 지내는지도 모르지."

"듣고 보니 이해가 가네유. 마치 백설 공주 같은데유."

"그렇다면 그 공주의 생명을 구하려고 애쓰는 왕자는 바로……."

"우리
조로리 사부님!"
이시시와 노시시가
입을 모아
외쳤습니다.

헤헤헤헤.
이 몸이 스노를
죽음의 문턱에서 구하고
결혼해 신랑이 된다는 이야기?
크크, 왠지 부끄러운걸.
좋았어. 최선을 다해 보자.
엄마, 두고 보세요.

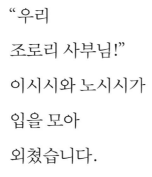

조로리가 눈을 반짝이며 먼 곳을

바라보던 바로 그때

억새가 가득한 들판에 피어 있는

언더코리야 한 송이가 눈에 들어왔습니다.

"오케이. 좋았어. 한 송이 찾았다!"

조로리는 전속력으로 달려갔습니다.

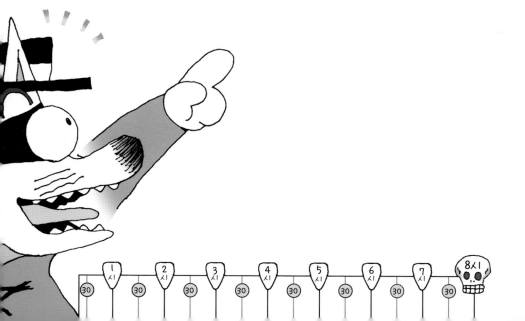

가까이 가서 살펴보니,

꽃은 건너편 절벽에 피어 있었습니다.

조로리가 조심조심 절벽 아래를

내려다보자……

절벽 아래에는 깊어 보이는
강이 흐르고
강 속에는 커다란 악어들이 느리게
헤엄치고 있었습니다.
"헉, 어떻게
저 꽃을 꺾지?"
조로리가 발을
동동 구르던
그때였습니다.

우아,
우아아!

이 와중에 먹보 이시시가
근처에 있는 감나무에 올라가
감을 따고 있었습니다.
"야, 너만 먹지 말고 나도 줘!"

밑에 있던 노시시가 애타게 소리쳤습니다.

"너, 너희! 지금 죽느냐, 사느냐 하는 판에

뭘 하는 거야?"

조로리는 정말 기가 막혔습니다.

"아직 시간이 있는디유, 뭐.

우리 후식도 안 먹었다니께유.

이렇게 감이 주렁주렁 달렸는데

그냥 보고만 있을 수는 없잖아유."

이시시는 조로리와 노시시에게

감을 따서 던져 주었습니다.

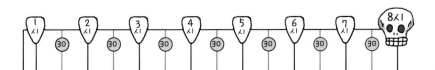

노시시는
던져 준 감을
받자마자
한입 덥석
깨물었습니다.

우웩, 떫어!
이시시,
이건 너무 떫어.
도저히 먹을 수가
없구먼.

이 말에

이시시가

대수롭지

않은 듯 말했습니다.

"떫은 감으로 곶감을 만들면 더 맛있다던디.

난 이걸로 곶감을 만들 거구먼."

조로리는 너무 화가 난 나머지

"너 정말 이럴래? 저 꽃을 어떻게 꺾을지나

좀 더 진지하게 생각해 보란 말이야!"

하고 큰소리를 지르면서

감나무를 매섭게 노려보았습니다.

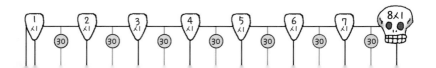

그런데 이게 웬일입니까?
감나무 가지가 이시시의 무게를
못 이겨 크게 휘어지더니
그대로 꽃 가까이
다가가지 뭐예요?

목걸이로 만들어서
곶감이 될 때까지
목에 걸고 있어야지.
역시 난 천재야.

"야, 이시시. 조금만 더
나뭇가지 끝으로 가서 손을
뻗으면 그 꽃을 꺾을 수도
있겠어!"
조로리가 흥분해서 외쳤습니다.

이시시는 나뭇가지 끝으로 다가가

있는 힘껏 팔을 뻗었습니다.

그런데 여러분.
이 장면을 잘 보세요.
이시시에게 생각지도 못한
위험이 닥쳤다는 것을
혹시 눈치채셨나요?

으윽.
조금만 더하면
닿을 것 같은디.
화나는구먼.
끄응…!

그렇습니다.
윗가지에
있던 독사가
이시시의 손 위로
내려왔습니다.

끄응.

주루루루욱

주루루루우욱.
독사는
이시시의
왼쪽 팔에
꼬리를 감고는

으악!

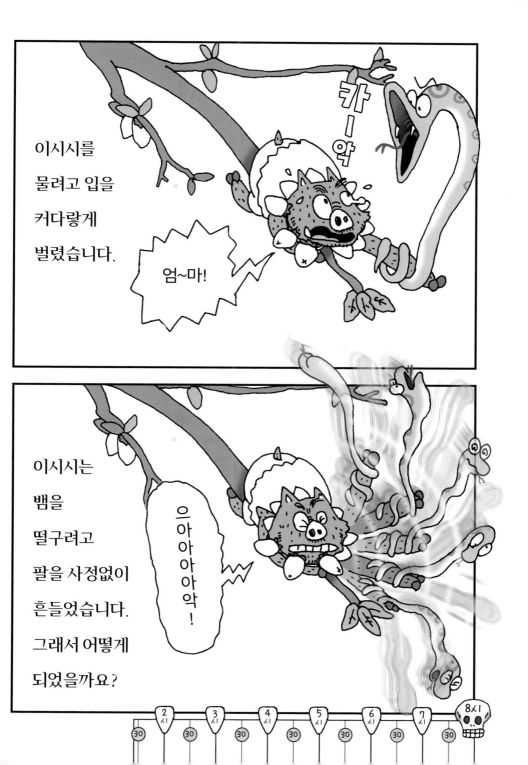

이시시를
물려고 입을
커다랗게
벌렸습니다.

이시시는
뱀을
떨구려고
팔을 사정없이
흔들었습니다.
그래서 어떻게
되었을까요?

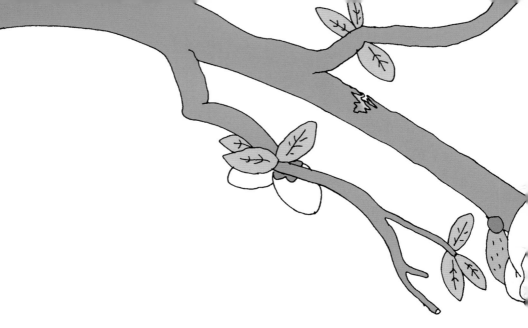

정신없어진 뱀이 몸통으로 꽃을 감아 올렸습니다.

그때 이시시가 심하게 흔든 바람에

뱀은 그대로 기절하고 말았습니다.

"서, 성공이다. 꽃을 꺾었다.

이시시, 절대로 그 뱀을 놓치면 안 된다."

"알겠구먼유!"
이시시가 대답할 때였습니다.
빠지지이익—
어디선가
불길한 소리가
들려왔습니다.

헉!

꽉

뚝

으아악,
살려 줘!

감나무 나뭇가지가 이시시의 무게를
이기지 못하고 그만 부러져 버렸습니다.
밑에 있던 악어가 이런 좋은 기회를
놓칠 리가 없겠지요?
악어는 기다렸다는 듯이 커다란 입을 벌리고서
먹잇감이 떨어지기를 기다렸습니다.

하지만
빙글빙글
돌면서
떨어지는
이시시가

나뭇가지를
아래쪽으로
할 방법은
없었습니다.

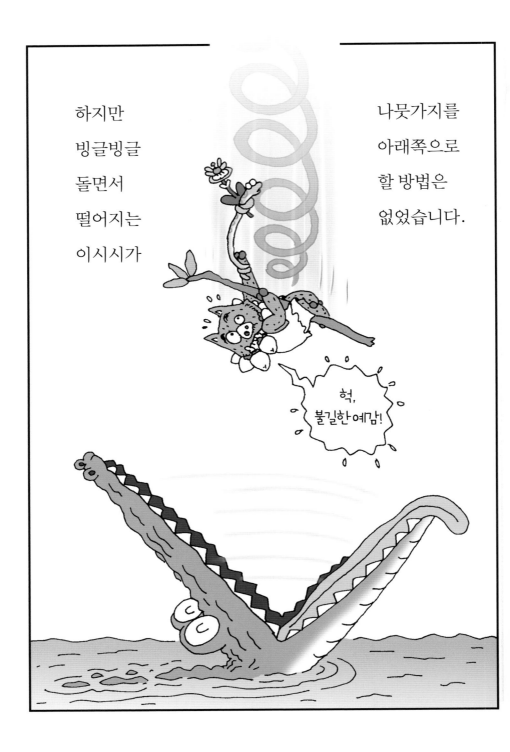

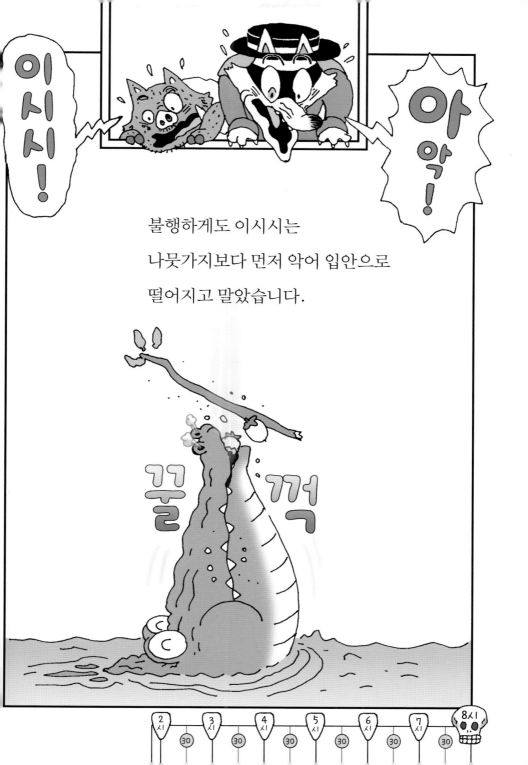

불행하게도 이시시는
나뭇가지보다 먼저 악어 입안으로
떨어지고 말았습니다.

으으으으~
어어어어~어
이시시~

"아아, 불쌍한 이시시."
"아무것도 못 하는
우릴 용서해 줘!"
조로리와 노시시는 서로를
끌어안고 펑펑 울었습니다.

이시시~
어어어~엉
끄~~억
끄~~~억

그런데
갑자기……

46

꽃을 휘감은 뱀을 손에 꼭 쥔 채
이시시가 튀어 올라왔어요!
"어, 어떻게 된 거야?"
"무슨 일이 일어난 거지?"
조로리와 노시시는 이해가 안 간다는 듯이
절벽 아래를 뚫어지게 내려다보았습니다.

강 속에서 악어가 고통에 몸부림치고 있었습니다.
"퉤퉤퉤퉤! 그 악어, 내가 목에 걸고 있던
떫은 감을 깨물었지 뭐예유. 너무 떫으니까
그만 감과 함께 나도 뱉어 버리고 만 거예유.
역시 그 감 버리지 않은 게
천만다행이었지 뭐예유."

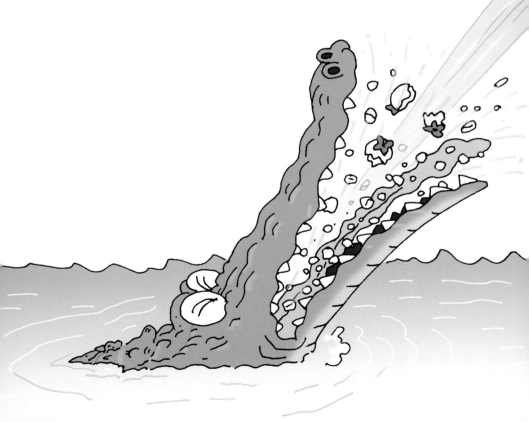

이시시는 자랑스럽다는 듯 말을
하고는 들고 있던 뱀을
아니 꽃을 내밀었습니다.
"잘했다, 이시시.
이제 한 송이 구했구나."
조로리가 그 꽃을 받으려고
할 때였습니다.

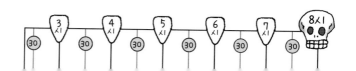

작은 꼬마 아이가 꽃을 낚아채서는

쏜살같이 도망쳤습니다.

"나쁜 녀석. 어서 돌려주지 못해!"

이시시가 목숨을 걸고 구한

소중한 꽃입니다.

이렇게 쉽게 빼앗길 수는 없지요.

셋은 온 힘을 다해 아이를 쫓아갔습니다.

그때
꽃을 감고 있던
독사가 정신을
차렸습니다.

뱀은 더 이상
당할 수 없다고
생각했는지
꼬리를 가까이 있는
나무에 감고는

어떻게든
도망치려고
했습니다.

그 바람에
아이가
넘어져서

발라당

조로리는 아이를 붙잡아
꽃을 되찾을 수 있었습니다.
"나쁜 녀석. 우리는 이 꽃에
목숨이 왔다 갔다 하는 처지라고!"
조로리는 아이를 꾸짖었습니다.
"나도 우리 엄마의 목숨이 걸렸다고요!"
얼굴을 든 남자 아이는
울고 있었습니다.

아이의 사연은 이러했습니다.

① 제 이름은 마슈입니다. 학교에서 돌아와 보니 엄마가 맹독 트뤼프를 먹고 누워 계셨어요.

엄마는 죽을지도 몰라. 미안하구나!

엄마를 살리려면 여덟 시간 안에 언더코리야라는 꽃을 먹어야 한다고 해서……

② 저는 곧바로 집을 나와 열심히 찾아봤지만 시간만 흐르고 어디서도 찾지 못하고 있었어요.

③ 바로 그때 당신들이 그 꽃을
들고 있는 것을 봤습니다.
그리고 정신을 차려 보니 저는 이미
꽃을 빼앗아 달리고 있었습니다.

마슈는
간절한 눈길로
조로리를
쳐다보았습니다.

④ 죄송합니다. 하지만 꽃이 없으면
엄마가 죽어요. 부탁해요.
제발 그 꽃을 저에게 주세요.

3시 4시 5시 6시 7시 8시
30 30 30 30 30 30

"알았다. 이걸 가지고 가!

그리고 빨리 엄마를 구해 드려라."

조로리는 엄마를 잃는다는 것이

얼마나 큰 아픔인지 누구보다 잘 알았습니다.

자기와 같은 아픔을 마슈가 겪지 않았으면

하는 마음이 절로 들 수밖에 없었어요.

"저, 정말이에요?
고맙습니다."
마슈는 꽃을 받고 몇 번이나
고개를 숙여 인사하고는
산을 내려갔습니다.

"이시시, 노시시. 내 마음대로 해서
정말 미안하구나. 이 몸은 엄마라는
말에는 약해지고 말거든."

조로리는 머리를 긁적였습니다.

 "조로리 사부님은 정말 착하시구먼유."

 "괘, 괜찮아유. 아직 시간도 있고
틀림없이 네 송이 정도는 금방
다시 찾을 수 있어유."

하하하하하.
이야기 다 들었다.

조로리 일행은 마음을 다잡고
다시 꽃을 찾기로 했습니다.
　그런데 나무 위에서
　　큰 그림자와 작은 그림자가
　　　갑자기 내려왔습니다.

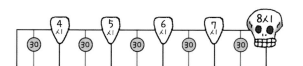

그림자의 정체는 닌자들이었습니다.

옛날에 조로리 때문에 괴로운 일을 당하여

되갚을 기회를 계속 엿보았던 것입니다.

"너희가 원하는 게 이거지?"

큰 닌자의 손에는 언더코리야 한 송이가

들려 있었습니다.

☆ 닌자에 대해 좀 더 알고 싶은
사람은 쾌걸 조로리의
《닌자 수업》편을 읽어 보길!

"으하하하. 천하의 악당 조로리가

내 손에 들린 이 꽃을 과연 빼앗을 수 있을까?

나랑 다시 승부를 겨루자!"

큰 닌자가 빙그레 웃으며 말했습니다.

"좋다. 너의 도전을 받아 주마!"

조로리가 닌자에게 덤벼들었습니다.

그러나 상대는
닌자입니다.
오른쪽으로
왼쪽으로
붕붕
도망 다니는
통에 꽂은
만질 수도
없었습니다.

천하의 조로리도
이제 끝이다.

이제
우리 둘이서
이 책의
시리즈를 이어
나가야겠는걸.

결국 셋은
그대로
쓰러지고
말았습니다.

에이, 그럴 리가 있나요.

조로리가 히죽 웃으며 손가락으로

뭔가를 가리켰습니다.

이시시와 노시시가 그쪽을 보니 절벽 중간에

활짝 핀 언더코리야가 있었습니다.

그것도 네 송이나 있는데

　　　　마치 조로리 일행을 위해

　　　　　준비된 것처럼 피어 있었습니다.

"히히히히.
어떠냐? 저 네 송이를
손에 넣으면 너희가
가진 꽃은 필요 없다!"
조로리가 말했습니다.

"으하하하하.
너희가 저렇게 험한 절벽에
기어 오를 힘이 남아 있을까?
어림도 없지. 포기하는 게 좋을걸!"
닌자들은 콧구멍을 벌름거리며
신 나게 웃었습니다.

그 말을 듣고 보니 틀린 말은 아니었습니다.

억울하지만 달리 방법이 없었습니다.

조로리는 땅바닥을 멍하니 바라보았어요.

그 순간 천재 조로리에게

좋은 생각이 떠올랐습니다.

조로리는 곧바로
이시시와 노시시를
불러 귓속말을 했습니다.
그리고 절벽 가까이에
나란히 선 다음
바지를 내렸습니다.

하나,
두울,
셋!

조로리의 구호에
셋은 손을 잡고,

무슨 일이
벌어질까?
기대되네.

나도.
우린 여기서
구경이나
하자.

그대로
밤송이 위에
주저앉아
엉덩방아를
찧었습니다.

72

그렇습니다! 조로리 일행은
이 위기에서 벗어나고자
아플 줄 알면서도
밤송이 가시 위에 주저앉아
그 아픔과 충격을 이용해
날아올라간 것입니다.

여러분 모두
조로리 일행이
방귀를
뀌어서 날아
오를 거라고
생각했겠지?

방귀는
다음
기회에!

꽃을 꺾으려던 그때

조로리는 두 눈을 의심했습니다.

왜냐하면 네 송이라고 생각했던

꽃이 두 송이밖에 없었으니까요.

"이런! 독 때문에 눈이 흐려져

두 겹으로 보였구나."

꽃 두 송이를 꺾은 뒤에는

더 힘든 일이 남았다는 것도 깨달았습니다.

지금 있는 이곳은 절벽 한가운데입니다.

더 이상 절벽을 올라갈 기운도

내려갈 용기도 없다는 것을 말이지요.

"휴우, 이제 정말 끝인가 보구나."

기운이 빠진 조로리 일행은

그대로 주저앉았습니다.

그런데 생각지도 못한 일이 일어났습니다.

절벽에서 살짝
튀어나와 있는
바윗돌이
셋의 무게를
이기지 못했던
것입니다.

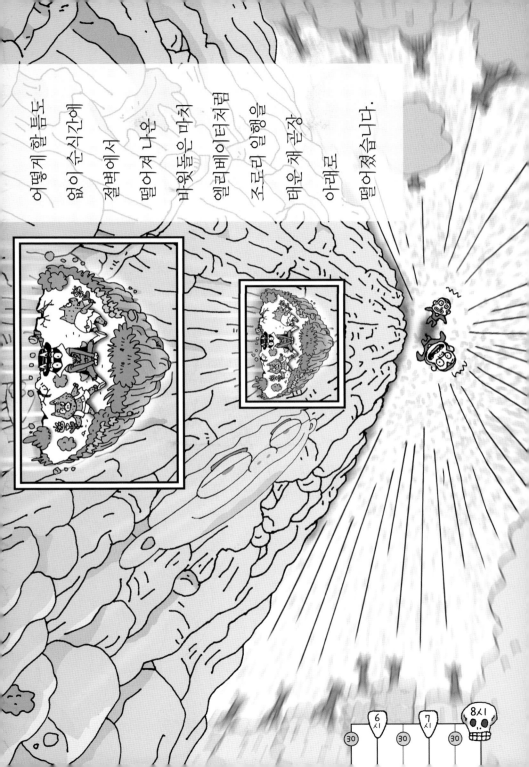

어떻게 할 틈도 없이 순식간에 절벽에서 떨어져 나온 바윗돌은 마치 엘리베이터처럼 조로리 일행을 태운 채 곧장 아래로 떨어졌습니다.

너무나 갑작스럽게
일어난 일이었기에
닌자들은 피할 틈도
없었습니다.
조로리 일행이 탄
바윗돌은 그대로
닌자들 위로

쾅!

조로리가 눈을
떠 보니
눈앞에

딱!

큰 닌자가 들고 있던

언더코리야 한 송이가 보이지 뭡니까?

"이야, 이게 웬 떡이냐!

빼앗을 수 있으면 빼앗아 보라고 했지?

오냐. 이 꽃은 내가 가져가마."

이제 꽃은 모두 세 송이가 되었습니다.

"우리 다 한 송이씩 먹을 수 있네유."

"우린 이제 살았시유."

이시시와 노시시는 기분이 좋아져서

들고 있던 꽃을 덥석 입안에 넣었습니다.

"잠깐만!

조로리의 말이 미처 끝나기도 전에,

이시시와 노시시는

한 송이씩 꿀꺽 삼키고 말았습니다.

"야, 이 멍청이들아.

한 송이 더 찾아야 한다는 사실을 잊었냐?"

조로리에게 야단을 맞은

이시시와 노시시는 흠칫했습니다.

"앗, 스노의 몫이……."

"그래, 이제 더 이상 힘도 시간도 없다.

이 몸은 이 꽃을 스노에게 줄 생각이다.

독이 사라진 너희는 오늘 밤 여덟 시까지

이 몸이 먹을 꽃을 한 송이 찾아서 가져와라.

그렇게 못 하면 이게 우리의

영원한 이별이 될 거다……."

조로리는 이시시와 노시시를 뒤로한 채
지친 몸을 이끌고 산을 내려갔습니다.

한 시간 뒤, 스노는 휘청거리며

산에서 내려오는 조로리를 발견했습니다.

조로리는 스노에게 안기며 꽃을 내밀었습니다.

그러고는 숨이 끊어질 듯한 목소리로 말했습니다.

"빨리, 빨리 이걸 먹어요."

"아니에요. 그건 조로리 씨 당신 몫이에요."

스노가 다정하게 말했습니다.

"그런 소리 하지 말아요!

이 몸은 당신을 위해서……."

조로리가 겨우 말을 이어가던 바로 그 순간,

"앗, 이 아저씨예요. 엄마!"

스노의 뒤에서 나타난 것은……

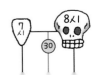

조로리가 산에서 만나 꽃을 양보해 줬던
그 아이였습니다.

세상에 이런 일이!

스노는 이미 결혼해 아이까지 있었습니다.

조로리는 맹독 트뤼프의 독보다

실연의 충격으로 기절해 버리고 말았습니다.

조로리 씨, 정신 차리세요.
빨리 이 꽃을 먹지 않으면 죽는단 말이에요.
더 이상 시간이 없어요.
부탁이에요. 일어나세요.

스노는 여러 번

조로리를

흔들어 깨웠습니다.

밤 여덟 시가 훨씬 지나서야

진흙 범벅에 상처투성이가 된

이시시와 노시시가 손에 꽃을 쥐고는

"조로리 사부님, 간신히 찾았구먼유."

"늦어서 죄송해유."

라고 소리치며 달려왔습니다.

그리고 스노를 보자마자

다급하게 물었습니다.

"조로리 사부님은 어디에 있어유?"

“저, 지금 우리 집에서…….”
스노의 말을 채 다 듣지도 않고
이시시와 노시시는 문을 걷어차고
집 안으로 들어갔습니다.

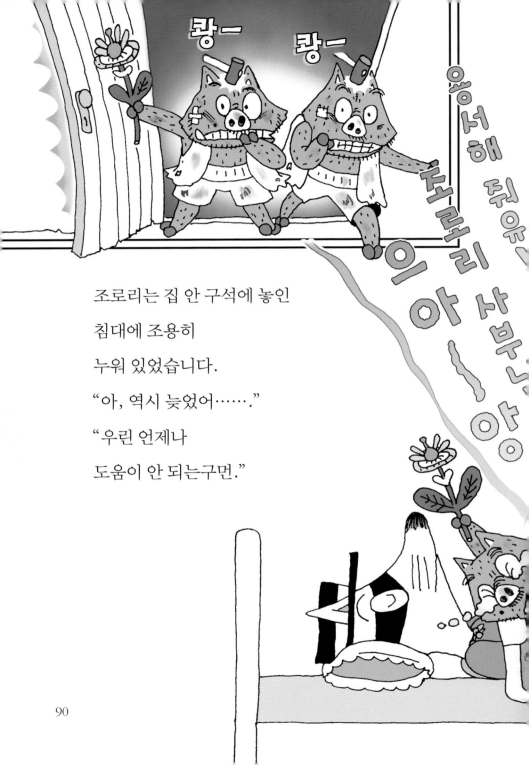

조로리는 집 안 구석에 놓인
침대에 조용히
누워 있었습니다.
"아, 역시 늦었어……."
"우린 언제나
도움이 안 되는구면."

우리가 대신 죽게 싸웠구먼유

죠리 안 돼유

초리 삼부님유

누을 떠 봐유

이시시와
노시시가
굵은 눈물을
뚝뚝 흘리며
조로리에게 매달려
울부짖을
때였습니다.

안녕.

스노 가족의 행복한 얼굴을
보고 조로리는
자리를 털고 일어났습니다.
"이제 셋이 다시 모였구나.
이시시, 노시시, 우리는
가던 길이나 가자!"
조로리는 문을 열고는
별빛이 쏟아지는 밤하늘을
보며 걸어 나갔습니다.

하라 선생님의 축하 인사말

한국 어린이 여러분, 안녕하세요.

《장난천재 쾌걸 조로리 시리즈》작가 하라 유타카입니다.

저는 어린이들이 계속 보고 싶어 하는

재미있는 책을 만들고 싶어서《장난천재 쾌걸 조로리 시리즈》를

쓰기 시작했습니다.

일본에서는 책읽기를 싫어하던 어린이들도 이 책을 읽기 시작한 후부터

다른 책도 읽게 되었다고 합니다.

한국 어린이들도 꼭 재미있게 읽어 주면 좋겠습니다. 잘 부탁해요.

글쓴이 소개

하라 유타카 (原ゆたか)

1953년 구마모토 현에서 태어났다.

1974년 KFS콘테스트 고단샤 아동도서부문상 수상.

주요 작품으로는 《자그마한 숲》,《마탄은 마사오군》,《장갑 로켓의 우주 탐험》,《나의 보물 나막신》,《푸우의 심부름》,《내 것도 아빠 것처럼 되는 걸까?》,《시금치맨》시리즈 등이 있다.

옮긴이 소개

오용택 (吳龍澤)

일본대학교 예술학부 방송학과를 졸업하고 중앙대학교 신문방송대학원을 졸업했다.

중앙대학교 외국어아카데미에서 일본어를 강의했다.

그 외 카피라이터로 활동 중이며 아이들을 위한 좋은 책을 기획, 번역하고 있다.

옮긴 책으로는 《건강한 삶, 건강한 기업》등이 있다.

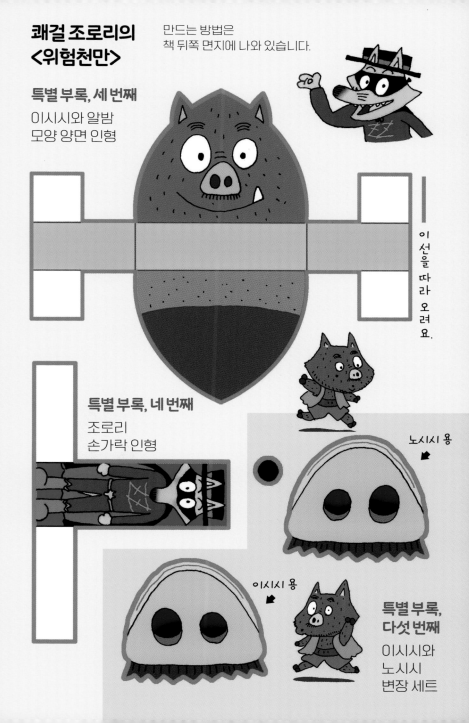

글·그림 하라 유타카
옮김 오용택

개정판 1쇄 인쇄 2024년 12월 1일
개정판 1쇄 발행 2024년 12월 11일

펴낸이 김영곤 **펴낸곳** (주)북이십일 을파소
기획편집 이장건 김의헌 박예진 박고은 서문혜진 김혜지 이지현
아동마케팅 장철용 양슬기 명인수 손용우 최윤아 송혜수 이주은
영업 변유경 김영남 강경남 황성진 김도연 권채영 전연우 최유성
해외기획 최연순 소은선 홍희정
디자인 박숙희 **제작** 이영민 권경민

출판등록 2000년 5월 6일 제406-2003-061호
주소 (우 10881) 경기도 파주시 회동길 201(문발동)
연락처 031-955-2100(대표) 031-955-2109(기획편집)
팩스 031-955-2122 **홈페이지** www.book21.com

ISBN 979-11-7117-748-6 74830
ISBN 979-11-7117-605-2 (세트)

다양한 SNS 채널에서 아울북과 을파소의 더 많은 이야기를 만나세요.

인스타그램 @owlbook21   페이스북 @owlbook21   네이버카페 owlbook21   네이버포스트 아울북 and 을파소

KC
• 제조자명 : (주)북이십일
• 주소 및 전화번호 : 경기도 파주시 회동길 201(문발동) / 031-955-2100
• 제조연월 : 2024.12.
• 제조국명 : 대한민국
• 사용연령 : 8세 이상 어린이 제품

특별 부록, 여섯 번째 쾌걸 조로리의 보물 상자

쾌걸 조로리의 보물 상자